能听者歌唱

教育存在行思录

田夏彪——著

九州出版社
JIUZHOUPRESS

图书在版编目（CIP）数据

能听者歌唱：教育存在行思录 / 田夏彪著.
北京：九州出版社, 2025. 2. -- ISBN 978-7-5225
-3471-8

Ⅰ . I227

中国国家版本馆CIP数据核字第2025NH7465号

能听者歌唱：教育存在行思录

作　　者　田夏彪　著
责任编辑　周红斌
出版发行　九州出版社
地　　址　北京市西城区阜外大街甲35号（100037）
发行电话　（010）68992190/3/5/6
网　　址　www.jiuzhoupress.com
印　　刷　三河市中晟雅豪印务有限公司
开　　本　880毫米×1230毫米　32开
印　　张　9.5
字　　数　182千字
版　　次　2025年2月第1版
印　　次　2025年2月第1次印刷
书　　号　ISBN 978-7-5225-3471-8
定　　价　79.00元

本书写给教育路上的驻足者

他们抬头或低头之瞬，
或许会听见、看见大地和天空里有自己的歌唱和身影。
孔子说："兴于诗，立于礼，成于乐。"
立德树人之教育根本任务，
离不开教育者生命的行、思、言，
其在"兴""立""成"中去呼应人之为人的存在……

序

人需要接受教育，这是常然之理。然而，何为教育？如何教育？一旦要回答此追问，各种争议就会纷纷出现，诸如制度化教育与非制度化教育、定式教育与非定式教育、知识技术教育与道德伦理教育等何者优先或何者重要的问题，就时不时成为或显或隐的议题被人们所讨论，且各种意见有理有据但又相持不下，好像教育自身可以有所不同，但它们自身不都是教育吗？那么不同是在何种意义上言说的？当人们在谈论教育的不同个性时，这所谓的"不同"不正好是体现了教育之为教育所应有的内容或属性吗？这似乎陷入了一个悖论，它不断提醒着教育工作者们对所谓的"标准"或"规范"的身份认同问题，也就是教育的独特性在哪里？如何证明教育之为教育的个性所在？的确，一旦教育被逼上找寻"自我"的道途时，总会出现方向迷离之困，很难自信地做出"我的独特性在此"的回答。

其实，让教育定格为一种独特的确定性"对象"，无论从内容、方法、过程等都无法做到这一点。而且，一旦将教育技术化地处理为可控的"实体"，则教育难以再称之为教育，原因在于教育是要开启生命的历程而非固定生命的方向，即教育具有引领、启发、解放的时间性，它是要让受教育者在教育的影响下自己去实现自我身心潜能的发掘和发展。那么，能促进人的身心潜能不断发展的力量包括些什么？显然，历史、文化、社会等因素从内容形式、环境条件、物质基础、技术方法等方面融入教育之中，同时自身又发挥着影响人的身心潜能的作用，可以被视为重要的教育力量，也正是在这个意义上才有着所谓"教育是一种文化""教育有着文化性格"等思想论说。

看来，要回答"教育是什么"这个问题，有必要转化思路，从以往的"知识论"方向上摆脱出来，否则终究难逃教育作为"谓词"的不确定性命运，以致不断受到诸如"教育的科学性在哪里"的诘问？问者和被问者如果总是停留于知性思维层面来思考教育，则难免彼此会对教育的"确定性"存在于何处、如何存在等问题有着摇摆不定的争执，因为在他们看来，教育是一清二楚或明明白白的存在，它可以被计算和概念化，以清晰的数字或逻辑进行描述和把握，如此教育才能自立自明。无疑，这样的思路是从属于认识论的，教育作为被主体认识的对象，它要成为可以被主体清晰理解把握、操控摆置、预测规划的"客观实体"存在，否则就无科学性。正是把教育视为一种"客观对象"的知识论的认知让教育长期追求着科学化道路，但又在实践中往往被人们贴上科学性不足的标签而哀怨。可以说，如果教育一直被以知识论的认知来进行理解，其势必陷溺于计量化或技术化的无限极化之中，使得教育本有的灵性丢失而变得刚硬。

找回教育的灵性和本质，让教育走向本真的教育，不再纠缠于知识的确定性追求，而转向于对其本质的领悟，在领悟中将教育意义融化在人的生命生活之中。

基于存在的境域生发性，意义总是在时间中流动回旋的，需要身处其中的人来"倾听"它的"言说"，这种"言说"里既需要人的前行推动，又需要人的驻足回望，也需要人的后退寻觅。而之所以会这样就在于人有一颗心，它不仅仅能冷静理性地思考，它还能直观地感知和体悟，滋养其灵性的就在于其所生活的世界，能够从中生长出无限的可能性，也能够从中安顿守候。教育作为培养人的实践活动，其起点和归宿都离不开其所在的世界，否则人会无根漂浮。

教育是一门科学，归根到底是一门艺术，它通过生命实践来开发教育主体的身心潜能，引发教育者和学习者的聆听和歌唱。

目　录

第一辑

第二辑

第三辑

第四辑

后 记

第一辑

　　教育是培养人的实践活动，教育总要追求意义。这个意义当是长存的，虽然产生意义的事情可能慢慢地淡去、慢慢地褪色，但事和物退去了，意义却还长存，如此才让教育本身更加珍贵。

　　教育乃育人心。倘若人心乱了、跑了、不在了，那教育也就失败了。教育不可能碎片化、简约化或抽象化为一两条教育规律，或者是某种教育理论、教育思想，虽然它们也有力量和效果，但并非教育本身。教育之为教育是要唤醒人心对真善美的价值和意义的叩问和坚守，要让其流淌在生命之中。

　　教育要真正产生影响，那就一定要以人为本、以学为本，唤醒学习者去向他人，向一切的事物追寻意义的学问之心，时时学，处处学，在世事洞明中感知教育之美。

口水年华

浓甜的乳汁

生出了长长睡眠

微笑是梦的语言

回吐的口水含着纯真

醒来后开始寻觅

走上了弯弯眼褶

闭合掩倦

惊醒是梦的呓语

悬垂的口水含着多味

难以回咽生津

那片云

睁眼看不见，光太炫

阴影，全都跑进了黑眼球

赤身冒着烟，汗紧身

凉风，全都吹进了耳洞里

抬头旋转着，太尖圆

双脚，全都踩进了浮云里

遗　忘

身体空着

双手触不到支点

意识夺去眼神

阴影寻找舞台

光耀闪烁中看不清主角

这梦不分昼夜

遗忘给它下了迷药

离　合

去与不去，路上

留与不留，道中

言与不言，途里

听与不听，耳环

看与不看，心眼

时间的漩涡让你我离合

我带走了你，你留下了我

不走已走，待下未待

时装秀

大地的力量等待着

感性意识的邀请

结伴表演一场时装秀

衣袂飘香在春夏的舞台

迷酒散发醉意

苏醒待秋冬一切

如初复新来回还在

风雨阳光

远方从未离开过近处

起步就踏入天涯

言说在道路绽放

此在的足迹化为夜空中星点

等待白昼的回家

倾诉风雨阳光

心存在

河水，流向天空
乌云，留下热雨
大地，长出嫩草
农人，土里淘宝
一切可观能游还居
心存在这里

惊　梦

黑包裹着目光

意识直观了飞檐的金光

佛像惊吓了醒来的少年

一直到老存在

梦里还有它的影子

春分眼痒

眼角痒意注满

笑过的泪变不成药水

等春风吹走花粉

绿叶熨平了干涸

眼皮压弯了清醒

瞌睡已经胜过黑夜的脚步

秋冬已来的节奏

风　流

风走过，留下绿意

风吹过，留下花香

风亲过，留下微笑

风想过，留下童心

一生有你，风流涌动

意识法官

黑躲着白，白跑进黑

黑不黑，白非白

黑白欺骗了眼睛

意识当起法官

锤子落在了大地上

一和十

一分，没分苦愁

九分，不分甜乐

十分，无分东西

时，在一和十中流转

生生世间

日　子

下着雨，太阳

藏着影，光亮

含着泪，笑意

走着回，出生

日子，不多也不少

无阴，无晴

住进天地房子安存

走一场梦

自然无着，不在

天地永恒

花笑有着，存在

岁月匆匆

眼泪有无流，含在

时间荡漾

意义即是，非在

走一场真实的梦

心　眼

睁着眼，入睡

困倦真诚

闭着眼，难眠

思意欺骗

光明，开眼而来

黑暗，心眼而生

心和眼离合

让睡眠洒进阳光

又遇见你

时光，从未流走

回忆，充满希望

生命穿越四季

世界老旧再新

来回，又遇见你

如初

灯月黑白

月亮在灯上

光，让黑真诚

灯照无月明

光，让黑虚假

灯月在天地

光，让黑白分明

回 转

不曾离开

头足齐身没入

不觉间，滋养溢流

思，飞翔天际

灿烂星空无极

多余间双脚收去

大地上，春风和煦花儿开

深情里，人心回岸

温暖漩涡

走来，住进了漩涡

温暖托起，浮沉不落

向前，旋线松放

激游四海

向后，旋线拢缩

躺游泓水

走去没入了漩涡

温暖覆盖，浮沉不离

向右，旋线长推

波游天涯

向左，旋线聚缩

定游原点

漩涡

一个美丽的名字，家

黑与光

黑，让光进来

看清了事物

就在这里，不少不多

光，让黑离开

分清了界限

就在这里，增多减少

黑没有离开

光没有进来

黑与光，就在这里相伴

夜

夜，睁开眼
明亮的黑，纯净了白
夜，迈开足
疏朗的星，点明了灯
夜，打开耳
风虫的音，唱醒了心
它从来就伴随着
生命存在

共场你我

你，从四季来去

绽放在当下

你还是你

我，从时间攀缘

缠绕在尘世

我不是我

你我，从存在分合

聚散天地

彼此共场

在远方相遇

紧身衣

太阳带着阴影
玫瑰连着尖刺
黑眼伴着近视
人啊，穿着紧身衣
存在，何以此在？

你我名你我

爱我，迟来不迟
恨我，满来空去
我爱，当下不有
我恨，无知方觉
你我，深渊里爱恨
一场无底的梦

值　得

时光美了山水

因为，你我自由

岁月醉了天地

因为，你我多情

日月照了山河

因为，你我爱恋

值得不需要拥有

拥　有

走来，清风拂柳

燕雀掠飞枝头

此在，身由心存

万物与时拥有

走去，鲜花艳丽

掌声，传名，笑脸

指手，俯身，热耳

我在，身由他存

外物与生不共

天地悠悠，有心花开

此在吾身

缘起俱灭，功名色重

唯命是从

闲然远去，哪能自得

遇见走过

黑发，清澈飘逸

眼眸，纯净火热

等待，一路想念

心喜，时光无长

遇见，岁月有情香

须发密疏落雪

眉角褶皱风雨

牵手了同路身心

忧愁生时光无短

遇见，生死有缘续

来世走过

生　活

一堵白墙

放映着树叶

在光斑中婆娑的身姿

一排方桌

飘散着农人

在歇足中的余味

一路行跑

留有着回忆

未来中想念和希望

杯中燃烧

风拉撕着皮骨,阻力向后
自由在脚尖舞动
寒气扯着眼角,网门在前
力量随圆球滚动
有一种青春
奔跑、呐喊、热泪
世界在沸腾的杯中
燃烧不尽

新剧本

邃古的苍穹大地

潜藏所有的涌动

生命唤醒了所有

脸上写有名字的彩妆

开始一场有生命的演出

没有结尾的故事，不是等待

更多的主角上演

新剧本，故事充满游戏

偶　然

两只黄嫩的小鸭

一晚未停息过律动

叫声叽喳，脚步轻盈

吃饱饭，再吃一点

喝过水，再喝一点

要不也洗个澡

让它们透湿地在水里

凉快了一阵，或许

它们困了，需要好好休息

小孩看着不语

回望、默想、转身

无定的必然，在继续

命运从此开启……

生　意

细不可见的蚁虫，连绵不绝的海川

全体都在呐喊

此起彼伏，静谧在等待

风云交汇，雨露阳光

还差一些色彩

添丛绿草，建所房屋

变成一幅画

自在中的生意

繁　星

阳光，从远外覆照来

双脚与褶皱的树根缠绕着泥土

无数只手舞绘着大地

气流在倾诉，山峦在聆听

落日来不及挂起黑幕

夜空已亮起了繁星

黑夜住在白昼里

身　躯

你，也许是我
化身为无声无息的所有
有静有动
醒着为梦，梦着为醒
眼睛和心灵住在自己的身躯里
熟悉之外无它
只不过早已忘却

话儿猎物

答应的话儿

不着边际，没有对象

应答的话儿

边际不着，对象没有

话儿的出场

动人鲜活，点缀信心

话儿的退场

响亮躲闪，寻找猎物

话儿言不由衷

生活的诚实

是你美丽的杀手

流血在口

一颗心

波动起来

春风，吹出绿意

夏日，晒出桃李

秋雨，养熟稻谷

冬雪，滋润田头

波动未停

春寒冷凉，复苏

夏暑闷热，清醒

秋气肃杀，静谧

冬霜冰冻，生长

波动依旧

万物，彼此起伏

是非是，非是非

唯有一颗心

技术工人

手持铁锹

挖自己一样的体魄

自然繁殖后，修复

疼痛的收获在身

手持技术

制自己在内的成品

人工繁殖后，修复

智慧的收获在器

人啊人

获得金刚不坏躯

捧献出跳动的心脏

没有血流

不用起跳

远方，不在脚下
重力，征服距离
输给了时间
不仅仅，短长
吸引的希望摆脱
沉重的肉身
逍遥里，不用起跳

傻子玩泥巴

走着，光明闪耀

走去，深渊无底

足迹在道途中开花

拥入怀里，不离

走心，倾听在天地中潜伏

还见傻子在玩泥巴

留下，很久很久

新娘盖头揭不完

面容多样

哪怕安静

也要带动日月星辰

装扮时间的睡梦

片刻世界已来

穿上嫁衣成为新娘

揭不完的盖头

充满了期待

陌　生

给我吧，不

听命令，非此莫属

此外，别无选择

世间符咒打开天堂大门

黑暗抢先一步

不让眼睛看到自己

装填更多，熟悉的陌生

毛边球

奔涌，裹挟着时间漩涡
两头抓取，未断的线
织成了空间多度
站立的，拉伸为圆
身体在世界里，滚动
沾满又漏掉
挂了很多毛边

陀　螺

旋转，定点

总被时间拉慢了速度

倒地不是终局

绳索的缠绕，已走向

再一次拉开抽打

会让生活舞台有戏演出

旋转不停

原创歌曲

不敲，钟声鸣响

身体是它的耳膜

聆听着，时空里原创歌曲

最初的演奏

纯净不已

找回了欣赏

第三只眼

天黑，迷不了梦

白昼近视

双眼，模糊成了度数

还好第三只眼

能睡能醒

白昼和黑夜明分

哪里可始终

数字开花

数字开出了鲜花

抵挡寂寞

让血液染红花瓣

铺满大地装饰着

柔韧的手脚

微香的味道

飘在心里，闻见

眼　泪

眼泪会歌

情感唱出词曲

旋律交响

昼夜的舞台装不下

故事的缠绵

朝辉、落日、星星

最忠实的观众耳目倾

泪水化为天河

流回大地

映回眼眸

不再干涸

自由生育

巨蟒缠身，窒息

恶魔灌顶，脑裂

白蚁噬足，剧痛

都抵不过惊恐和畏惧

点燃一壶酒燃烧

醉化所有

将梦带回家

留下赤裸的有

让其在空里飘荡

自由生育

自　己

哪里，不在啊
总已出发
哪儿，不在啊
皆流四处
哪个，不在啊
分离不合
哪种，不在啊
视线有色
这里，这儿，这个，这种
是它，就是它
它自己出现

指挥家

咿呀，聚拢着离散

无词有意，分合不离

问无答，答非问

唱着说着

道出了界限

烦恼裹挟快乐一起去

谱写生活的乐曲

流动，构成音符和节拍

被指挥家画进了

世界里

风吟叶舞

绿意流动，绕指尖

握手的树叶轻舞点摇

和着泥土的混响

向上追光太阳

洒缤纷色彩生长

在舞台上演出

风吟浅唱

要和不要

要，不是不够
只是成为还能要
即使不能
要也在所不惜
虚弱随之而来
不要，似乎才有一丝希望
不过太久啦
它不会且疲惫
因为忘记被规定的命运
不由其做主

再次相遇

夜里洗着碗

不用灯光

繁忙已让手灵活自如

伴随着水流静谧欢快

心出奇得安静

原来存在可以

平凡地出现

与它再次相遇

不知何时

能听者歌唱

变化着绽出

空间美

流动着绽出

时间情

消逝，躺在空间底下

流淌，躺在时间怀中

大地怀抱里倾诉

能听者歌唱……

见或不见

见或者不见

我就在那里，不悲不喜

念或者不念

情就在那里，不来不去

爱或者不爱

爱就在那里，不增不减

跟或者不跟

我的手就在你手里

不舍不弃，来我的怀里

或者

我住进你的心里

默然相爱，寂静欢喜

别让恶心进入坟墓

死亡，多亲切的名字啊

把美留在生命里

直至心花怒放

死亡，多恐怖的恶名啊

把丑一股脑端上桌面

直至腐烂发臭

能忘吗？死亡早已来临

别让恶心进入坟墓

时空养料

过去，回到未来

当下生长

开出瞬间永恒的花朵

铺延着周围凋谢

聚圆不圆，再生

时空是它的终极养料

生灭消长，无有间成道

玄同，另一个名字

世界奇妙，等待着超人

人　心

加上的菜单

多了珍馐美酒

无真诚，招待冷若冰霜

冰块只会凉镇谎言

在太阳光下

真理早已融化

天地眼里

人心不能收买

也不是出售

癫痫症

疯癫来自身体

突然倒下

先进的科学

束手无策

疯癫来自思想

积蓄已久

严密的逻辑

包不住昼夜更替

疯癫来自人类

无比确定

线性的冲锋

牵不回老去少年

香　米

龙潭水，神圣地涌流

滋养山脚下的四方

禾苗清丽柔舞

白鹭远飞低行

垄埂上，荷锄的农人

余晖将影子洒满水田

闪亮闪亮，呼唤着

金秋的香米

不及脚步再次临近

稻穗弯腰

成熟不经意早来

美好成了

留不住的时光飞逝

每一饭粒咀嚼出

乡愁的味道

神话不收门票

一生，太短

神话点燃了永恒

一生，太长

神话集聚了焦点

一生，无用

神话召唤了亮光

一生有用

神话洗净了尘垢

一生，匆匆

神话轻缓了步履

一生，平平

神话安抚了心灵

神话啊，神话

凡人在你的舞台上表演

不收取门票

他们演技精湛

赢得喝彩

水火不容

太阳躲在棉被里哭泣

渗漏的泪水洒落大地

赞歌者，甘泉圣水

诋毁者，洪水浊流

太阳听后不语

水火不容

心想原来是自己

一片模糊

踽踽又匆匆
拥挤着踩踏而行
被踩着也踩着他人
终究走出了一条路
回头，满地的脚印
分不清谁的
前行依旧
踩着他人也被踩着
一片模糊终成了
等待你的归宿

摆　渡

穿过险滩

彼岸平静遥远

沉浮孤舟

风雨一直陪伴

昨日，阳光洒满此岸

鲜花绽放

出发，未感孤独

长途茫茫

至少，夜里有繁星闪烁

望着它

已在你眼里

这一朵

抽象的感性

苞蕾坚定地站到了枝头

艳阳下，具体的抽象

绽放出姿色

献给情感的花瓣

片片芳香，飘入心间荡漾

等待下一次重复的激情

让死亡走向自由，迎接虚无

孤独获得胜利

这一朵成了生命之花

金桂飘香

鼻尖飘香

瞬间带来八月

短暂，已融入时空

混沌的世界

开出有心的花朵

味道里散发着

多情的气味

沧桑的面容里

历史爬满了全身

身　子

身子生长

展现时空的鬼魅

横纵之间

时光变成永恒瞬刻

与众不同

熟悉的头脚四肢

多了化学反应

少了生物本能

自然亦社会

你我，身体的样子

毕　业

时居种下无涯自由

青春之雨打湿脚步

沾了些泥土

踏出的脚步坚定

迎风走去

头顶乌云和太阳点缀

陌生又熟悉的色彩

等待画笔调配

天地舞台不会谢幕

因为有你

精彩呈现在路上

聚成一束发亮

照向远方

天地名作

永恒，匿身不显

美之自由诉说感性

行走的脚步

悄然完成卸妆换装

感受风雨阳光

渗入肌肤，眼眸来彩绘

名作生成，没有形式

没有抽象论说

它用存在赢得无价

第二辑

教育的使命在于育人。从古至今，无数圣贤、思想家、哲学家都试图探索和解答"人是什么"，但至今仍未有定论。如何给"人"做一个描述？他的样子是什么？他的状态是什么？他要成为什么样的存在？这些问题始终与教育相伴。

人有仁爱之心，这是人类区别于动物的独特品质。仁爱之心，不仅仅是一种意识或情感，更是人之为人的根本。在人际交往中，我们总是以爱心为先导，将爱作为与他人交往的基石。爱心在很多时候超越了理性和知识的范畴，成为人类行为的首要驱动力。当然，人不全是这个样子，人恶起来可以杀戮、摧残、破坏，坏起来还不如动物，但正因为有爱心的存在，人虽会犯错或做出不恰当的行为，但其内心的良知总还持存，能对"假丑恶"有所羞耻和不安，唤起人们进行自我教育的潜能，此成为人之为人重要标识。孟子曾说，"人，仁也。""仁"即是人之爱心，人应当活在仁爱中，与他人相处相知、相交相融，方才彰显人性本质。

十年树木，百年树人。时间是一座迷宫，旅途中人难免有所迷失和徘徊，教育有梦想，它对人类的未来怀有憧憬；教育有责任，它要让作为教育对象的人，走在一条光明有爱的通途上。

莫　名

拥有并非所得，膨胀

失去并非对象，赤裸

失恋并非情人，独孤

死去并非消失，无知

爱恨情仇啊，不是赋予

身上流淌着，是其所是

真理席卷咫尺的分分秒秒

无处不在，汇聚成自己

抗　体

走在路上

看到很多风景

总有未视的其余

非不可名，是不能

透明从未真实

虽然清楚

过滤的模糊早已渗入脾脏

成为抗体抵挡风雨

学习恋曲

风吹泥土

脚步在大地上

踩出四季的馈赠

装饰上台

跳起理想节奏舞步

手拉手成为网格

充满弹力

飞向天空失去重力

遨游四方

生命之学变了模样

泥土、数字、技术

圆圈扩散着旋转

时间在里边

唱着不同恋曲

眼　神

曾经走过，留下足迹

还给了自然

青山绿水

父辈的汗水和深情浇灌

没入泥土里

希望和理想生长在新天地

那里充满幸福笑意

不会消逝

旭日伴随红旗东升

暖阳一路洒向怒江两岸

鲜花四季盛开

山山水水的记忆

带着生命的希望奔向美好

明天在眼神里闪亮

美丽怒江

劳动之风吹响

工具在手

延伸连接了泥土和天空

渗透多元情感

保留着淳厚

文明气息混入血液

一步一个脚印

缓慢的步履坚定有力

前方有未来

技术在手

路不再遥远，希望生长无限

星光升起

一路沿江闪耀

深渊上下

大地，或深或浅的足迹

不变的是行走的脚步

生活，或轻或重的歌唱

不变的是前行的方向

时间流动，或缓或急的心律

不变的是未来的打开

在世啊，虚无着

赶不走真实的存在

此在即使有深渊

纵身飞跃

才会有上下的风景

存　念

自然打开门

钥匙是一把社会

里面充满天性

时间浇灌

开出多彩花朵

香气未随凋谢消失

它飘散于历史的心灵中

让人怀念温存

记　忆

脚步多了

醉迹的深浅

头发乱了

迷风向的南北

视线远了

花景色的明暗

心意变了

冲情感的浓淡

生活在了

涂理性的黑白

生命老了

存回忆的轻重

时间走啦

留不去的世界

踏山林

山中走来

空隙是光的钥匙

打开清丽脆耳的激韵

蜿蜒流过

落叶洒满的木桥

已和泥土路融为一体

林中静待伸向远方

几只山羊和孤零老人

自然画里的风景

唤　醒

雨停滴答

鸟儿早叫

山村还在睡眠

等十点的太阳唤醒

忙碌来到人间

黄金叶

年轮斑驳黑皱

厚实稳当

绿意吸收阳光滋养

爬满石围墙头

火烧的闷热

烤房里排排黄叶

下架后香气

飘在农人面庞

最美风景成了笑意

只因家在

踏实，只因踩着虚无

无限，只缘放下追求

分明，只是弃绝杂乱

柔水硬石激韵

潺潺生机

丛林巨木参天

百物生长

只因家还在

让脚步有了止定

浅吟低唱

过去来到如今

未变的生新

留下回忆伴随前行

故事多了戏份

重复不同

生活走进时间的怀抱

浅吟低唱

辩　说

香气扑鼻

不需要元素分析

果实叶子尖刺

表达自身

唇舌是它忠实的朋友

从无欺骗

不用多余言辞

辩说不如实存可靠

几　回

日落无灯

星稀几点明现

人声聚集村口树下

清晰可辨

老少拉话闲聊

青墨色成画无价

不知能遇几回

重复难再，无可等值

收藏了生命

古老人家

响水河桥

古老人家相偎

一垛柴，烟火清淡飘

坐立江岸看斜阳

无忧无愁

长长影廋逐日

没有故事的传奇久远

把鸟儿骂

稻草人少时见

谷粒金黄

田边声声呵

麻雀满天飞

电线杆今时多

金黄苞谷

田间声声欢唱

喜鹊登头飞

谷粒谷苞口中餐

一雀一鹊带来愁

生态家园里

农人粮心依切切

把鸟儿骂

龙潭召唤

草坡水面

悠闲告别昨日神秘

渊底蝌蚪乌黑

枚枚钱币抛洒飘晃落

不名乞求涌升

少去老来

朦胧的面纱依旧

藏到心里

星星点亮火把

歌唱回响大地

稻穗侧耳听

田埂传来赤诚呼唤

轻盈脚步

举着的火把被星星点亮

流进梦里燃烧

带来明日光彩

奋　斗

水声，流在河湖间
树根，长在土石里
山魂，立在大地上
松节，挺在寒雪中
花品，开在风雨下
人气，走在新时代
奋斗，让山水成了美好家园
自然成了人间

简　历

走过风雨四季

脚步前行

畏怨酸楚落入乡风

吹亮了眼眸

山水草木成为景色

泪滴留给笑意

一片赤诚是你的简历

停 吧

看不见远方

只因近处太清晰

那就听吧

没有音声

只因满耳太多语

那就触吧……

摸不着风物

只因手心太紧握

那就走吧……

踏不稳大地

只因双脚太匆忙

那就停吧……

所有已来周围

热　恋

行走大地，生存彼此牵手

风云变化，心去了寂寞自足

生长的花儿开出美丽

鸣响的虫儿唱出乐曲

大自然从来多情

相挽在人间的爱河里

不见而有

直线成圆

时与空居住其间

没有原点重复

生活给予了孤勇者

创造是它名字

听看着

言说的存在无边

虚实为伙伴

真得不见而有

融　合

加法非数字

似水流

融入有离间

逝去留

多了少去

生意是它的和

不等于

乃为化育成真

一生等待

风吹意，呼来了情
融化实体所有
跑进心间，诉说
无言表达一切
因为早已居住
爱恨喜怒牵着时间
缠绵生出可靠
找它是一生的等待

留白余处

黑夜星星闪烁

白昼伴随日光影

走入存在

未必分明清楚

生活绘就多色彩

留白余处

承受，领悟

瞬间永恒碰上头

来去熟似不同

地球有圆

哪来时间直线

何能空间三维

起点已然终点

如跳动的心不可计算

只在回旋路上

留不一样内容的相同故事

超　人

山巅宝藏闪耀

那是黑夜

轮回被脚步踩醒的日光

重生不需要沐浴

只让流血的心脏

跳动给自己听

绝对精神

石头和鲜花
向时间诉说对象
自由是风雨的承诺
变与不变
流水圆石内敛了沧桑
东坡百合开放了多彩
吐故纳新，一切绝对起来
实体在梦中前行

无处不在

贴着山风离去

彩虹搭起晾晒的支架

云朵垂挂舒卷

抖落尘水，还天空一片蓝净

目光未必清晰，足迹虽有深浅

心融化，无处不在

无所为诚在，前路隐没已显

无不为自在，大地环绕周身

无心为缘在，世间花开花落

在，在，在

落叶有声

深远的密稠，苍凉自孤

远离悲荒急促

安静，大地赐予

整座山守护

林中充满闹腾

非洪水轰鸣

生命都有自己音符

落叶有声

每一秒旋律可听

房　子

天地间一所房子

花开四季是窗户

撒下的种子

五谷牛羊是大门

牵回的伴侣

星河璀璨是屋顶

搭架的天线

健步等着静谧修复

收获在无为之道

长久是这所房子的名字

放缓脚步

雨水送来阳光，格外温暖

闷热亢悔，躲藏是选择

让时间沉淀

风云变化乾坤转

可心的人儿，请放缓脚步

不要忘了终身的伴侣

一直在左右

拨开云雾

如果有路，脚步是亲密之友

行走大地，感性充满

激情与坚韧，让真理长存涌动

流淌的生命上下外内

自然历史中寻觅

没有寂寞喧嚣

近视明朗之余，留下模糊一片

待时间拨开云雾

相　信

没入泥土的雨水

软顺化为万物生机

千古不变

人心合自然

历史延续如残阳血色

山河间洒情

起伏如线奏歌

旋律多重，天地声音传来

不确定的熟悉亲切

可居在可靠

相信比眼睛更透亮

天地为证

心儿摘不下

挂满了整个存在

入眼一刻

意动早已呼唤

比前世久远的纯粹

注定缘分

偶然牵手必然

联姻成人性

历史进入了形而上

孕育出可道非道的世界

天地为证

一墙影画

房子游动

群鸭作伴

柳树化作清风

白云蓝天睡梦

一墙影画

一双鞋

窗檐放立

阳光照耀其上

鞋尖左右朝向

跟背贴合

聚散两头当中

世界跑进了鞋里

存在非谓词

一条路，平坦在山巅

不被量曲

脚走出迂折

绘就宇宙之图

山水成地球

可观能游安居

存在非谓词

时间之歌

风雨日晒，换夏秋绿装
青春老少作伴早晚
风吹过草儿低语根须
唱起时间之歌

就是你我

云彩跑来给绿地披上头纱

装扮新娘

春风中嫁给世界

风雨同舟

野火烧不尽爱意

聚散不离

雷电击不灭缠绵

只为证明传奇存在

就是你我

历史的天空下生儿育女

绿水青山成了家园

听，风中有朵云

看，化作雨洒落大地

歌声响起

很多人在复唱

维特根斯坦

生活，有意义的名字

不走直线形

棱镜之眼

放出世界相似多颜

看才明白

改变路上

留下此生度过的美好

真虚难觅

欢喜忧愁不足留

妙道何寻

缘在无心难去有

真虚一瞬间，似水流年明复来

梦里依稀见

游戏终散，消逝亮光星河

绝对命令

灿烂星空

百千众生仰望

一心开两门

自然万象先天画

时空范畴源

道德本体绝对令

自由意志律

彩虹桥上牵手合

情理共谐美

三问"什么"不足尽

你我凡圣与

所　是

拥抱适中

幸福长久

变成终点

收拾不起精神

自作主张，遭遇交战

与酒为伴醉醒

呼吸最高山峰空气

爱恨交织自身

勇敢挑战逆境一切

超人诞生

起点如日光给予

照耀是其所是

超　我

看到对象

确认经得自我同意

不见，非不想见

未取得理性门票

潜沉海底

五彩珊瑚梦满足

梦与醒绘就

一幅完整的画

价值几何

超我来评价

自　由

意识的空瓶

撒下种子

开出自由花

装饰存在之家

绽出窗外

领受风雨阳光

祛　魅

仇视自己

日出日落

一个始终回程

昼夜都有光

总是充满力量

没有点

轮回带来重生

恶魔挡不住

伪善被撕碎

站在山巅歌唱

仇视自己

只有那个人能听到

现象科学

不能睁眼

四面八方没有阻隔

出入无门

放下所有起飞

看清对象和自己

不增不减

现象最科学

门没打开

抽象那么近

占据脚步

用数字来调控

理论那么具象

占据生活

用图表来安置

一步一个脚印

现实与现象统一

颠倒中生命变成直观

忘了来路

存在的时间之门

久久未打开

原理诞生

感性深处，没有前缀挂饰

活力构筑现实，没有善恶圣灵

自然在时间中诞生风波

承受与挣脱

命运去展演世界

原理的诞生

来自存在的呼应

包　裹

实在的球面滚动弹跳

充气支配力向

迷失出现在安静角落

虚空包裹里似有还无

视线分明了模糊

今时犹如梦里

何在安在

你我曾经遇到

陌路出发

每次心跳

新鲜的血液奔流

走过千百回

如愿只是可能的多变

步步惊心

自由从不多情

勇往直前遇到

陌路人在己

肩头挑起担子

出发的脚步不停歇

分辨镜

心灵的眼神游走

遇到阳光

给予它亮的名片

阴影在偷笑

转入黑夜

给予它暗的面罩

星星闪烁

阳光伴随阴影

黑夜牵手星星

来到面前

心灵的眼神带上分辨镜

久久寻找

时间布满天空

白云，牵着房屋树木舞蹈

没有展台和主题

切换的角色不分主次

来去的故事上演

反复中无雷同，似曾相识追梦回

熟悉由衷哑言，去过还来往

此在已未来

时间布满整个天空

黑夜的贼

知道，不言语

充满四周流动，没入万物

化身黑夜的贼

让照明隐去

梦中将发生还原

如初生机

远方近身

游戏回旋出韵律

没有歌词

相互拉引在场

名字融化其间

呼应着每一次被叫

身家同唱

自己能听到

屋窗倾听

醒来，熟悉响起

没有名字

竹林奏唱清早

对象未现

相遇，无须见到

听着诉说

存在，流进流出屋窗

交互着心意

芒市的街

风从树梢

钻进了泥土

芭扇将绿意凝聚

让热情化为万千气象

一场酣畅的大雨

再次唤醒生机的大地

佛意如此

惊喜是缘

千里之外

熟悉的人不期出现

曾经的面庞留有过往

岁月在空间遇见

道途延伸远方

时间在此处回旋荡漾

美好在奋斗中成为信仰

年轻的一代

举托起理想的太阳

风雨炎热下

化身为绿意葱葱

金银佛塔的光亮

照向有爱人间

化身孔雀在湖面飞翔

醒　来

走过时光斑驳

碎影里融化

风儿波动的竹叶

有心跳动

光热绿化的凤凰羽

有意清明

不及之余

醒来已敲门等候

万物涌来

未央路途

词语破碎处

风景依旧性感

浓妆淡抹散发清香

撩动不安心湖

与风私话

躺在山的怀抱里

浅吟日月星辰乐章

爱得缠绵

未央在路途

演　奏

杯子破碎

留下击地音响

一瞬声没去

命运主人虚无里

没有编曲

自己当起指挥家

演奏了变化

又轻还重

薄云淡淡飘近

似聚又散

贴着山空轻轻游走

没有重力牵引

地面是梦想的沉

脚步迈入长长影圈

自如飞不向云端

巨　石

起点无痕，远方最靠近

用脚步丈量心灵

穿上世界鞋子，道路做灯

照亮无尽头的圆

化为巨石

虽不在山脚或山顶

仍滚动不已

出　现

山花住下心房

颜色明朗

光线流绕闪动

指引家门

熟悉没有名字

风吹一切

来了可听到

包括未见

签 名

向阳花开笑意

有风洒在日月云天

山水人家东方

有雪化在苍洱大地

走来消去梦还

有歌响在蝴蝶泉边

送给世界礼物

签上了大理名字

奢侈纯真

脑溢出了绩效外

回到心房

自由跳动，弹奏音乐

生命赋予自由节日

时间来妆扮

纯真舞动出奢侈

没有多余

空无赢得了充实

夜　明

宁静似网伸张

倏忽缩回

夜幕被抖了一下

翻个身续睡

让星星去点灯

枕着月亮

沉游梦海里

都是它

拨云见日

天地一片心

真理悬系腰身

跑进烦畏

从倾听的门里出来

遇见明暗闪烁

缀满头脚

梦与醒都是它

随时候命

天地吐纳气息

显藏万物形色多变

圆缺阴晴

领受风雨阳光

芭蕉荷叶筑起防线

打不湿的绿意

将寒热穿在身上

随时候命

第三辑

　　教育与文化、历史、社会、时间之间有着密切的关系。这种关系不仅仅是发生学或物理上的先后关系，如到底是文化在先还是教育在先？教育乃是基于学习者为着人的成长而进行的实践活动。

　　人生一程，活在尘世间，活在大地上，活在人群里。人自降生之初，便置身于人类所构筑的文明世界之中，注定要与之共存共荣，这是人类与生俱来的本性，是其生命的本然。生则存于世，死则归于土。在世时，人无法避免生命历经波折和风雨，这是人生的常态。然而，即使面对困难，人依旧可以坚强地扛起各种重担。同时，人也期望安享时光，在有生之年能自由地享受生命的美好。再者，人终究要回到大地的怀抱，这不是生命的终结，而是将继续留存于活着人的记忆中。

　　教育应当是"活"的。"活"意味着充满生机、动态和变化。生活中，人们用"活"来组词，如"活跃""活化"时，都传达了一种生机勃勃、不断变化的意象。生命的真正意义，就像风吹动绿叶，使它们摆动、闪亮，展现出生机与活力。当人们意识到生命的活力时，会感到欣喜和愉悦，这种感受可能以不同的形式表达出来，但核心是对生命的热爱和珍视。教育要促成生命的"活"，教育自身也要活起来，它要能够随着时代的发展和学习者的需求而进行反思和改革，结合不同对象的生命个性，给予灵活性和个性化的引导和启发。孔子曰："学而时习之，不亦说乎。""时习"，并非指无休止的重复练习，而是强调在适当的时机，基于特定的情境，采取恰当的方法来解决问题。当教育者在适当的时机，以恰当的方式去引导、启发和转变学习者时，教育者和学习者内心定然会充满快乐和满足，这是一种充满智慧和艺术的"活"的教育。

人间正道

山跑到天际

云墨着色

融释了重量

当一回轻飘仙子

饮宫廷纯净水

过上千年梦

无烦生出寂寞

精灵鬼怪闹腾醒

山的天堂还在林里

不舍来回

生死爱恨终不消

人间是正道

约会不邂逅

无风无雨里

月季绽放

路过

时间化为可数瓣落

约会不再邂逅

停靠驻足

花房里香太浓

少了自然泥土味道

天涯明月

月儿朦胧，洒下桂香

铺满长途短道

静谧打开无言

时光在圆缺里转动

尘世邂逅情绪

远近消别离

遇见涌满周际

回到母亲怀抱

轻轻地听

贴着柔软银辉

触摸如初自然

身在家园

这就是爱

金黄伴绿意

飘过千年梦想

美好赋有权力

不在乎谁为主人

每一个脚步踩出沉重

汗水洒在土里

风雨让停顿多了观看

自然放映着

表演的是忙碌手脚

山田园地搭起

永不落幕的舞台

爱得深沉远阔

变换颜色

时间在调和久远故事

直到早晨

晚霞织绣柔情，逦迤身影

梦从未老去，出生总在路上

风儿轻轻穿绕挽手

星星渐次醒来，迎接月圆天

太阳熟睡凉意

忙碌等待安静舞蹈

听着朦胧旋律

许多悄悄话唱响

一直到早晨

醉意摇摆

太阳初升

真理爬到了山尖

祛除光的遮挡

洒落大地

土地的丰饶，脚步殷勤

驻足停留其中

自然生长的力量

让睡眠充足

等待节日酒神降临

每一片绿叶

醉意摇摆

告　白

曲折蜿蜒，未济

收获用汗水惩罚真理的纯洁

自然馈赠炎热果实，挂满枝头

沉甸甸弯腰

向泥土献上告白，忠贞不渝

裹着夏秋棉被入眠

热恋相拥缠绵

等待冬春再次孕育

生命在轮回

新生在永恒道途

风度燃灯

一双眼睛注视

火辣了潮湿

纤细离开摇曳

面糊把饱满粉碎

没有命运，自由迷失了方向

大地面前无主

时间里的暗道光亮

走着才能正确

即使错误埋得深牢，需把根来触碰

发出的叹息会有风度

吹燃一盏灯

熟悉的怕

喇叭花缠绕线杆儿

偶然生出了自由

筑起一石一土家园

炊烟飘出柴火味

高山溪流细长

如步履环绕山林

走过四季

汗水和哆嗦凝缩希望

过滤不掉的乡愁

爬满田间墙头

熟悉的怕不再来

消失有理由消失

时间渗入可追忆

刻在了道途

晚慢归处

无用东流，溪水桥下走

白云悠悠，瓜藤爬出石墙外

黄花一朵，静悄悄

日出日落总晚慢

青山不动，心闲无意似相识

早已归去

大　鱼

云游逐月，化大鱼展翅

宇宙海洋翻腾，累罢搁浅

呼吸在绿意山川，静息睡去

醒来多了人间，匆忙平淡

飞远终究梦

心锁了重重的铁

闪着锈迹亮光

打不开，那扇松弛脆响的木门

无　人

石围矗立，久远深黑

阳光灿烂日子曾在，气息环绕

走出走回的脚步，孤单

瓜藤绿树相伴，淡然如期

悄无声迹轻轻

冬夏牵春秋，静谧长长

一次又一次轮回

缓慢新生

泥土守护寻访足迹

熟悉再来

熟悉挂在枝头

看了又看，不触碰

刺和坚硬持存

酷热是最好的养料

繁忙歌唱的知了

脚步待时

一场风暴过后

竹篮入后山，裸果入手心

下山冷却的背松驰，笑意恬淡

日头开出生命之花

装饰了世界

熟悉再来

空有一切

白云无住

浓淡不为片天

聚形离散

漂泊居家四海

游戏忘定

揽月逐日舍去

空有一切

天上人间过眼

风吹左右

山乡日子

酿在生活里的酒

苦辣有味

一身蓑衣，风雨忘

柴火清茶慢煮

一锅烟斗，快意平

牛羊犬豚声起

一筐青草，田埂影照

人间天堂连线

一生行走，真虚幻际

来去醉卧风流

意义发芽

世界存在于沙

飞腾赤足

感性双手筑居

不停留此

形迹游走隐现

无所余下

一颗心在听看着

意义发芽

开放在花朵里

闪光不在手

几分不适莫名
终收起点
模糊了前方
陌生地熟悉每天
来去轮回
凝聚在散碎路上
默默拾取
一无所有的珍重
闪光不在手

雨后秋意凉

裹着湿透毛发

吹风无力

枝头鸟儿多叫唤

把日光唤醒

暖干羽翼飞翔觅食

迎接无雨秋意凉

大地牵拉绳

分界无存

走了还来四季

在无限里筑居

由己作伴

浸在装饰世界

经冬历春里钟声旋响

大地牵着拉绳

人间天上走

山头一角

风雨不测自明

诚实如醉意

清醒，无驻还

人间天上走

言说赶不上看清脚步

如云漫游过

交心自由

阴雨绵绵

不为阳光灿烂

自然的奢侈

满满当当，无所留有

换一身晴衣

空空透透，风生水起

四时百物不言

交由心去自由起来

藏与飞皆可

看到明了

风，四面八方

大小微弱充实

升降上下

每一刻意义涌出转化

流变持守

余味，沉默来烘托

看到明了

无需等待

阳光撕开裂口

抵不住时间挽留

云雾缠绵

晴天一瞬欢

多久终究过去

走在路上，无需等待

练　习

汗水浇铸线条

飞舞着感性身躯

力量集聚

重力一圈一网收拢

褪去尾翼

飞向云海苍穹

阳光铺洒大地，等待练习

天亮啦

熟悉在陌生里延伸

道路相信脚步

黑夜有星星点灯

老去，孩子握着船桨

水手唱起童谣曲

海面升起彩虹

天亮心途

距离为零

匆忙走回

熟悉从未改变

自然厚生青苔

空间拉着时间转圈

千年轮回

再见，一瞬

太阳月亮眼里，距离为零

旁边有美人

如初增减，来去风流

消失始终无

熟悉循迹依旧

笑在道途

虫鸟从窗边飞过

看着桌上食物

旁边有美人

意识无主

云跑来齐聚

多添音调

绿草花树言语交响

指挥乐符流淌

未有主题对象

韵律弥漫其间充实

唤醒历史舞步

总有余味萦绕着耳际

走四方

道路无定

真幻步伐游戏场

崎岖足迹

苦甜追逐无醒

休止难乎中

归家梦里寻去

走四方天涯

风雨阳光总不离

世界舞蹈

晨星未及脚步早

倦息止于惊奇

流动比所有变化更前

总在用心开拓

路，自由蜿蜒

卷舒云意花草颜开

迎面涌现熟悉

穿着五彩衣服在大地

跳起世界舞蹈

天空在欣赏

散学待归

门口，布满人群

整齐望向孩子

眼神聚焦，脚步不乱

却总抵不住

数字袭击，一声叹息

乌云遮盖阳光

别忘了，风雨是彩虹的前奏

天空的窗户已打开

深远处慢慢聚集

多待会，光总会照来

虫果缘起

无光硬壳，化出细小虫儿

生命无里有，挤钻出世

落地微弱挪

死亡被风卷起

留下空壳

找谁编织故事，从何说起

果生虫或虫吃果

来归处缘起

满天爱意

耀眼照射，对立

穿不透阴影

里边躺着风流

时间用黑夜触碰温柔

月亮最懂情话

躲在星河里洗浴

满天爱意

影子真实

熟悉轨迹

脚下走过

有力

间隔踏虚

面对面活动起来

找到来去路

阳光下影子真实

变化属于你我

静夜诉说

让风带着颜色

躺在山川大地怀抱

聆听世界

细腻声音纯如蓝空

牵着时间之手

等待静夜

向星星诉说故事

眨眼在回应

奋　发

月亮的脚步

用来追赶日出

星星点灯

海面已泛起红光

每次展翅拍打

从近处拥抱高飞

风雨来路

不吝啬彩虹玫瑰

等待里绽放

自由天地游

拎着时间坐卧

瞌睡了自然

进入秋晨暖和阳光

睁眼舒服里空荡

来去瞬间

片刻一世人生开谢

老去熟悉似旧梦

存在出现在少年眼里

自由天地游

星花布满心房

风吹开阳光

让道路闪亮色彩

天真绘出无邪画卷

发了自由嫩芽

向天空许愿

星花布满心房

秋冬暖阳

冷冷的风无声

穿一袭凉意

哆嗦自然身体

暖阳张开臂膀

将老人和孩子抱入怀里

余味飘摇

等待时间觉醒

多愁开出晚熟花朵

挂在秋冬枝头

落叶地面风旋起飞

花香流在来去道途

沉默将它听说

上下左右

余味淡淡飘摇

星星不在夜里等待

时光眷爱年少清纯

多少日子梦相随

昨昔今犹忆

冷风冰水莲藕洗

夜黑火把饭团香

不觉匆匆过

天亮堂了起来

孩子们还在酣睡

繁星闪烁晨空

不在夜里等待他们

梦醒不分

永恒轮回如酒

饮尽了醇绵，清烈飘兮

无言或多言自然

天地打开隐藏

哭笑着还原纯性

醉里看见童子走来

春花冬雪下

牵手白发老翁

怀抱出生的婴孩

分不出谁或己

生长着醒梦世界

不停地始终

走着听风

走着听风说

阳光总在阴雨后

走着听风语

春暖待到雪化时

走着听风唱

青春无悔勤早步

走着听风舞

后生可畏来日期

走着听风歌

苍洱学海扬帆飞

在此，起步

青春两头分

老去的影子清晰

青春两头分

脚步总要左右平衡

摇晃着年轮

红颜白发一梦里

千世多情种

悲欢爱恨朝夕饮

醉醒了无痕

舍得寻访山河恋

来去也匆匆

平步生死安素在

风雨相作伴

情感长大不老

云朵游动

从一滴水开始

扩散积聚变化不已

小小大大的梦

在圆的世界里舞绘

风雨敲打节拍

拉起幕布开合演出

阳光时不时跑了进来

照见来去步伐

它们往心头长

让生命在情感里不老去

九八风筝

爱风，只因吹动

不在乎冷凉

让冬天恋着暖阳

叫夏日想着寒冰

爱风，只因卷舒

不在乎浓淡

让白云聚散成彩

叫青春作伴不老

九八，风筝放飞

离不开牵线的人儿

长大找寻

什么是存在

慢慢长大在它怀抱里

调皮淘气任性

时间有自己色彩

什么是存在真理

慢慢改变在它花房里

风雨挫折眼泪

命运有自己道途

走吧听吧看吧

世界的律动一直流淌

生命之歌

风雨阳光云雾

调和了四季颜色

脚步连着心儿

让自己和世界相遇

看见熟悉的身影

彩虹挂在了天地南北

无言地响起律动

奏响生命之歌

情愫多一圈年轮

走在前方

有影子跟随

铺洒出一条道路

四方容颜

来回变了模样

情愫多了一圈年轮

心雨稠密不已

性感田野

风流性感田野

彩虹牵起红线迎归

花草瓜果香水

入时的话儿诉说生命

方言俚语融着神情

男女用手脚丈量土地

心欢踏实荡漾

山水间静卧着家园

指挥家

旋律的休止符太长

脚步乱分寸

头发失去重力牵引

无乐的身躯僵硬

等待着阳光洒下面霜

舒暖皮肤延渗心房

让节奏重新起搏

指挥，和谐响起

分辨色彩

双目近视悬差

左右高低度数共场

模糊同一对象

此开彼合保持不了自身

视距在时间里拉平

眼神总会齐心

它们被同一光影暗恋

由不得自我离分

一起跑进世界分辨色彩

模糊看清直至消失

娃哄爹睡

时间还给了身体

父亲牵手娃儿

入睡得快，醒来得慢

谁先总归有定

每次胜利者交由年纪

童子在侧是最好的安眠

它让脑袋集中放空

生命跳动，节奏有变化

人生多味一游戏

风景里走游

昨日之我不可留

色彩中醉意

今日之我犹可追

时光上涂鸦

明日之我不再来

人生世间恋

爱恨苦乐多味合

是非分明否

一醒一梦一场戏

容　颜

走过四季风儿吹

穿上多彩衣服

轻飘柔和出没早晚

心相随，意相伴

看不够那容颜身姿

只好把它带到

无人的梦里

真实的世界出现

大地用表演奖赏给

最好的自己

天地间热恋

牵手不需要明天

深情无限注满眼眸

时间把当下握在手心

指缝里流出爱意

四处驻留歌唱传奇故事

海面吹起的风姑娘

跑到苍山顶上找雪帽子

戴着红花伴着月儿

从早到晚在天地间热恋

千年爱一回

雪儿不出家门

静卧山床

遥望着东方云海

风吹起情话

牵手里把爱融化

早晚作伴守持

将纯净冷酷留在

回忆的希望前

让月亮圆缺见证

千年爱一回

走在道上

向前后路跟随

着地影子左右相伴

时间流逝了生意

青春换成白发深深

空间场境出引力

少年不惜老翁悠悠

出发带着回乡梦

挥不去无名几多欢愁

贴着山云林木穿光

绿意红彩罩着

让看不见远方明晰

正走在道上

你的样子

云彩不留驻

百变山川多情

成长梦想拖着影藏

翅膀挥动出绿意

气息含有年少阳光味

忧欢透着原初纯净

再诱人的确定

都抵不过见你的样子

游子回

几度春秋流

睡去醒来一梦

今昔昨日离分合

不觉时满身

枯荣春华过云烟

匆忙闲来少

侧耳驻足意回头

风云阳光笑

道途小径悠远长

漫步天地参

生　意

春花冬雪风流过

一身暖寒衣

秋月夏荷残圆去

一心情理穿

四季年轮如初现

一生千年梦

岁时元旦光华复

一世意味多

朝朝暮暮，生意

枝条早晚

枝条早风苏醒

一夜冷霜筋骨更柔

泥土给予它充足睡眠

绿意从根脉起步

用半岁爬上缀满架子

无数叶片洒下斑驳光影

用半岁倾听爱情故事

一生一次不回头，匆匆

一生一世再回头，依依

枝条在晚风里睡去

时间乐谱

四季收藏岁月

敲门推开心房

角落摆放着世界

如钟响鸣

每一声周圆悠长

传来了存在

时间是它的乐谱

面　膜

容颜贴上时间面膜

滋润了松弛

眉眼间多故事

讲给最亲密的朋友

感动了自己

因为它一直在身边

风情有心

风吹出生意

送来温暖

编织成为信物

挂在四季里

让容颜换着色彩

献给天地歌舞

情爱旋律跳跃着

刚柔软硬的心

幸福日常

牵着自己长大

总以为留给青春增值

美好来不及储存

日子早把黄金散尽

冷风里没有饥饿

幸福也还存在

日常，比梦想更珍贵

第四辑

好的教育是什么样的：好的教育一定是开放的，它可以不断地引领学习者打开更多的生命可能性，使其有新的收获、新的生长、新的变化。教育好似一条道路，学习者可以来回地在上面行走，他可以抬头仰望星空，也可低头驻足，不断去认识自己、找到自我。

好的教育，离不开对真理的追求。如果教育放弃了真理，它即使再有用，终究也只是"器具"罢了。当然，真理不是直接来自教育。真理属于人类，它只能发生和存在于人类的实践中。人类家庭生活中有真理，各行各业的人们在从事劳动实践的时候也在追求真理。真理不是由哪个人来选择或哪一部分人来做成，一定是全体人类的心之所同然，是由大家共同实践所铸成且认可的。不过，真理充满了时间性，在历史行程中难免被遮蔽和隐藏，需要人们为之付出代价和努力才可得。

人不可能都是圣贤或皆为英雄，难把真理时时处处装在心上，放在脑中，但是平凡的人们也不得不追问"生活的意义或价值是什么"，一旦这个问题没有得到有效的解决，人生难免陷入困顿。好的教育一定与真理有关，它要能培养学习者自己去探求真理，让其流过、付出和经历的汗水、眼泪、忧愁、悲欢、得失都散发出意义的光芒，照亮其前行的道路。

边角伸展

黑夜点亮星月

清冷出纯洁颜色

朦胧不见

没有对象纠缠

乐曲多重奏响自由

时间流淌跳动

生活世界多了边角

它们不断伸展

时间之屋

一朵小花摇曳

人儿走过

投出世界目光

不同声色

心心相印

栖居时间之屋

天人同根生

一朵小花言说

人儿不见

留下了花香

朦胧里醉

朦胧了眼睛

美从生活诞生

缺席了理性

精神变得赤裸

没有包装

一切都那么真

故乡从出生就铺好床被

等待酒醉酣睡

美丽成你

在哪里，看到不足意

加上听见过往

你很美丽

在哪里，拥有不够多

加上多情想象

你更美丽

在哪里，牵手走过来

加上风雨阳光

你最美丽

在哪里，融化在日子

加上时间沉淀

你还美丽

在哪里，一起去迎接

加上一颗爱心

美丽成你

鲜花在哪里

鲜花在山间

绿意掩映下娇小纤柔

鲜花在路边

硬台车窗外清目朗润

鲜花在节日

感性祝福里爱意萦绕

鲜花在时空

境域生机可无穷多彩

鲜花在哪里

心向流动不驻

随然绽放

苍洱名画

四季融化身躯

装扮苍洱大地

看一眼把心抛出

收不回来的爱

跌入风花雪月

藏在画里聆听世界

美从中来

世界可以缩小

它能跑进心里温存

世界可以放大

心能跑进其中畅游

世界可大可小

无有善恶别离两分

美从中来

纯粹呈现给眼耳

年轮圈数

闹腾牵着安静

世界总是多情无度

波浪起伏荡漾着时间

心不由己获得可意

逃避挽着欲求

生活迈出前后步伐

摇摆晃荡拉扯着空间

身不由己求索可得

坚强拖着软弱

命运游戏左右选择

重复打开新的日子

道不由己来回可走

起点守望终点

年轮贮存宝贵圆圈

增多扩大着数量面积

力不由己合眼可睡

俘虏沦陷

太阳发出不一样的光

无需测量温度

身体是最好出纳所

生发寒暑冷热

炽烈或冰寒没有界碑

直觉切换自由

爱憎好恶呈现当下

世界这么纯

触不及防地俘虏沦陷

只因心在动

为什么

孩童问为什么，成人给出是什么

孩童问为什么，成人也给出是什么

孩童问为什么，成人给出不是什么

孩童问为什么，成人也给出不是什么

孩童问为什么

是与不是都不是为什么

某物存在着

物　与

世界幻姿百态

纯净来自阴霾提炼

彩虹收获风雨馈赠

带着浓情度数的视力

聚焦了万千玄同

一双心眼

长在世界的中央

看去都是自己面容

一双口耳

长在世界的周身

听说都是自己语言

在之思

身居天地屋

色彩拨动了心弦荡漾

纸船载着梦想

人海里起伏始终

停驻的拐杖将它打捞

藏存于语言之家

门窗开合又听到浪花潮涌

真理此谓

空寂不冷淡，隐隐处用力生火

浓情密意煮沸，一言一格求真味

动容难掩，满纸观音面

多杂无所停驻，充实又流动

何曾空有在，花开亦花落

显隐成时入今明

昼白夜黑又一日

醒睡自然，道在其间

真理此謂

凹　凸

时间长着年轮

走着不停的圈数

包裹万物发酵尘土

让显隐呼应

唤醒出脚步力道

来回踩在心坎

方向在凹凸里跳动

之　外

跑出自己之外

多余的依然缠绕

向前永无终点

完美泡沫没有实心

不可否认的不是继续

听看触及深远无言

没有坚硬独立

岁月进入那柔软悠长里

流淌动静

虚　弱

热闹里有虚空席位

孤独端坐其中

四方武艺板眼精准

无形遁隐沉默

待机关算尽力竭底

配角上演戏份

让剧本重新改写内容

有　限

走过田野，看见了生长
留下些余空尽
走过大山，看见了茂密
留下弯曲小径
走过大海，看见了浩茫
留下显隐岛礁
走过沙漠，看见了空漫
留下一排排白杨
走过四季，看见了繁花
留下落叶凉风
走过人生，看见了游戏
留下无有间来去

路

一条路延伸

没有可从可止

方向在时间里打转

左右没有中间

适宜生长它自身度里

道有了显藏玄机

等待行走的存在言说

熟悉又陌生

一样的不同出现

没有预先规定

指引是等待的先来

每次走过总留下

分手自恋的个性告白

相遇偶然里保留

灵犀一点然

走在相连已分的道路上

来回碰头熟悉又陌生

悠悠感念哀

漫长岁月匆匆

时间储存艰辛过往

回忆眼前

亲爱鲜活昨昔

脚步赶不上前行离去

心弦余音绪绪难断

星月风雨泣歌

牵绕辛劳泪目

悲欢儿女任劳怨

黑夜无醒

悠悠感念哀

游　戏

风吹起一场游戏

叶落卷飞狂

花开出一场游戏

红颜枝头放

雪装扮一场游戏

山林莽原白

月点亮一场游戏

夜空星稀明

人跳进一场游戏

命运做起主

听从存在发送的道说

游戏才是一切

说与听

看见了时间

流动着空间色彩

织成阳光火花环绕

烧黑的三角圆

煮燃了大地之心

剥开的热烫呈现了赤恋

纯粹原初混沌

山水石头静静道说

铁锅房子在听着

山乡天地有身心

墙头枝丫出

红土石路辉暖

望山峦葱茏林海

河谷沃野盎然

烟房空置留

村户人家柴垛

闻河泉涧水潺潺

鸡犬牛羊归途

峰高日没早

火塘三角铁锅

举杯土酿浊酒香

冬意多情星火

醉眼笑言纯

不分自然人间

山乡天地有身心

风雨草木生

江山一美人

脚步踩在身上

或轻或重

一路心房移位

不齐搏动

直待跳出胸腔

跑进羊儿肚里欢

铺洒暖光树林穿

红了白雪甜醉

处处颜色风景跳动

江山一美人

调　查

点线面可能无数

支起脚架稳定

抛离拆除不视依靠

直观现象给予

想象充满多余现有

回到现实一度

历史才是本质自身

调查需听时间

进入游戏可有所化育

它自己生长存在

让意识拥抱生活世界

一瞥心起褶

时间装饰了内外

熟悉进入心坎

原初生长于接触

身体居住自由

总以自己的方式

唤醒无梦沉睡

应答着曾经的起点

无论变化怎样

原来的样子最动人

只因走进去里面

看见过它真实样子

不能忘怀于眼

一瞥活出了老少年轮

听说性命

火燃起了热能

食物在肚里化育

风吹起了牵挂

衣物在手中编制

光滋养了希望

植物在脚边生长

木石支了屋架

动物在身家守护

土瓦筑了门墙

人物在文明分合

天地开了窗口

万物在听说性命

融碎入泥土

感性直观了容颜

意识牵着过往

生活世界开放时空

其上签名带有个性

再潦草歪倒都能辨认

一笔一画来自手写

先验注定无根

行走中有大地留下印痕

彼此守护着有限长久

待实践将它融碎入泥土

生活镜子

原初不在里边

内外拉着近视的双眼寻

忘了看与被看同体

它模糊确定

剥离出纷乱存

自然嫁给历史

实践怀孕

时间植入进生命

分合玄妙世界

最好的镜子叫生活

水火融化

山间流水潺潺

清澈明亮的脚步

漫驻蒜麦田地

绿意铺满松软泥土

凝留枝叶露水

轻悠滴落尖坠久

山风摇动亲肤透凉

阳光颜色穿过

纯净得把火融化

冷暖没有杂质多余

爱其所有

冬季里温柔动感

江水美发了石头

出浴潺潺歌舞

百态容颜引目闪烁

牵手不够手指

找一个最爱难寻

将心捧出洒入

爱其所有

吃　香

生活让胃充满动力

信心是燃料

磨刀切菜开火

生存搅和着精神蛋饼

吃玩着长大世界

饥饿多余出自由

吃起了香

味道伴随一生

历史形而上

过去变了形状

意向拿起画笔描绘

记忆穿越时光

走过拥有未来影像

一生行进来读写

编织的故事从来真实

砖瓦草帽火苗跳动

勾着出生挂上钟面滴答

分秒走成世界圆心

永恒恍惚瞬间

有无梦醒历史皆成道

诉说过往

走了不再来许多

只因有限自主

时间圆周环绕粗细

终究回想难现

拥有意味失去

人群里视线模糊

在大地上变化模样

哪里都有生机

从来不定形寻找

生命高低温度

水火带着深情烧

牵手前行诉说过往

滚烫着一颗心

走　路

一条路来回走

熟悉又陌生

它没有名字

它穿着生活衣服

迷彩没入大地

有风吹动边角飘

起伏变化联通

延伸进每个方向

陌生又熟悉

往返里世界开了窗

看到更多可见

珍贵存在

无声苏醒了生长

睁眼已住进绿意里

风儿捎来悄悄话

相约花开三月歌舞

用最美的声线

聚集万物精灵前来

牵搭玄妙家园

让心从不停留于自身

流溢四季山河

到处都有珍贵存在

家园泥土芬芳

大山很晚叫醒太阳

睡眠把时间缩短

早茶喝进了中午肚里

听几声鸡鸣狗叫

日子自在悠闲

脚步慢慢里生活走来

远戚携着自然探访

送来大地深情倾诉

味道在家园泥土里芬芳

心落在坎上

乡愁从山林流到田野

小路悠长脚步慢

隔世情意围桌轻语

美好从来不单纯

无名总被记忆

进入生活自由传说

呼吸着世界空气

远方拉得很近很近

熟悉早已住下

找回自己在他乡

梦里知几分

心落在坎坎上

真　理

每颗夜星闪烁

抛投给无数眼睛

大地之水滋养视力

看出满天情意

洒向心上人

他们听说后无言

静悄悄挽手

风花雪月

风吹送舒缓急促

让听有了时间传说

花开出多彩形姿

让说有了颜色舞台

雪凝纯雨露云雾

让问寂静无声

月行夜幕圆缺

让道有了星灯闪烁

一颗种子

生长出了世界的风花雪月

停　电

黑夜最从容

寂静奏响声乐

天地和音里安卧

显隐纯全世界

满空星光奥秘闪烁

停电还原了时空剧场

公益免费门票

可脚步和眼耳陌生

等不来观众

人忙着恢复功能

用炫亮去锈

将它丢到黑夜里

走出一首诗

如果世界是圆的

脚步决定方向

她自己与天地一同听说

悲喜交缠不息

命运拉锯在时间齿缝

扯撒的碎屑消失

留下解释不完的找寻

迷惑清醒，确定模糊

答案在，走出一首诗

不是因为创作而成

踩　实

夜路贴紧有力

没有意识跑出想象

大地用暗沉支撑出行

黑夜里随星途

色彩铺洒外面世界

不是画笔描绘

从来生活有风景

从一双布鞋里踩实

相　赠

往来多情生

环绕今昔时境

增减多少岁月回

驻足一梦嫣然

红颜枝头春风笑

留去身影在

花语不别来路

只把香来赠

时　间

时间带着脾气

怒放了花朵

把红颜留给了情人

时间带着醉意

迷乱了脚步

把行程留给了早晚

时间带着良知

唤醒了岁月

把生活留给了年轮

忘　我

清酒混沌了意识

浓茶冲洗出冷静

梦醒自然生长无挂

跑到孩子心里的果实

变成游戏的奖赏

忘了自我才能舞蹈

行　程

寻摸着道路

分岔口选择无意

走着听风诉说希望

每一片绿意轻拂脚步

果实的长成

留下最初时间的倾心

想说没有说尽

成熟总有几分生涩

重启轮回起始行程

收获在耕耘的怀抱里

直待消失其中

满身你我

窗含密星跳闪

把心勾引去

化入其中望着自己

满身尘土

取来透镜细分

把心切碎去

散入其中找着自己

满身细胞

回到家里安歇

把心分享去

没入其中拥抱自己

满身你我

春光故事

樱花树下三月光

草儿半生冬春

风含着早晚时化

去也还留间

似红颜朝夕生白发

醒梦无别在己

来回道途几荡漾

天地生死恋

爱情故事听说着

一直演下去

周而不圆

熟悉路里陌生

磕绊脚下无

平坦失去了感通

没有接口

听不到召回声音

沉迷不止道途远近

转身需要千斤力

或良知毫末

时间无价于几微

一生等一心

点亮风雨彩虹

春雨打湿

等不及滋养大地

凌晨六点五十打湿脚步

几声雷音唤醒幼苗

伴着阳光沐浴了早班

待换干衣头装

半途行走再次接受馈赠

花草柳枝露出笑脸

春意闹腾无理

让身子骨回到了青春

冷湿没有悲伤

风雨里开出心花

百物生长在时

无声再回首

眼耳清楚，确定迷失了存在

昨昔心儿，在混沌里安放

悲欢爱恨留给无

世界跑进梦乡游戏

风儿拍打助势，飞停到山丘枝头

高远成为风景，平实从容落地了卑下

飞翔向上，忙乱不安成脚步

无处可寻可得

音乐舞蹈热闹非凡

今昔魂不守舍，醒了去匆匆

安静找回韵律，无声再回首

取名为灵动

劳作的双手打碎石块，让火星燃烧生命

舞蹈音乐从身心蹦出

只有大地和天空能够指挥

节拍和韵律属于自然

多余不足失去脚步分寸，听从道的言说

柔软融聚流出场地

表演属于所有

一同游戏忘却俯拾，终始实虚化

劳作的双手捡起碎石，让阳光点亮深渊

每走一步镶嵌不同色彩

无底通向开口

来去同路增减重量

回到熟悉早已拥有了珍重

取名为灵动

让梦不失眠

开闭进出口

那是陌生无言

说给听不懂的自己

一堆没见过的名称

为打开世界配了把钥匙

将话语找回送出

为远方熟悉面容歌唱

耳朵传来生命律动

让梦不再失眠

点　星

动静有脚走心

拨捡重拾起

忧喜舶来

牵挂出时间生长

留下斑驳尘垢

静观洗除非等待

在决断里敞开光亮

黑夜有了出口

如豆点星

风中摇曳不息

终始于此

田里长着作物，夹杂着稗草

弯腰拔出了多余，耕种培植希望

纯精无杂来滋养，天性酬答敬义

诚实光明生长齐满，知行格物挂饱粒

手脚从容辛劳，低头看见了自然

走在道途，闻睹显隐无遗

撒播呵护己身，感谢着沃土馈赠

开辟一片天地，出产生命的赤爱

时间圆流不停

终始于此，叫心田

存在，不存在

一生拥抱，无所有
四处皆留足迹
影踪消失追寻去
舍得缠绕不离
虚无真实了岁月
黑白丝发留给身体
时间记住台词
把爱恨离别上演人间
告别存在，本不存在

守护纯真

三百六十五日凝聚

前进拉着后退

踏着晨暮日月方向

模糊出清晰视线

让脚步聆听着言说

指引迂回环中

大小浓重声色变化

气息匀称周转

有一圆心来安定动静

春花冬雪成为四季

风景独好处

有无守护了纯真

真相在道

听不清的明白，在其中

看不清的明白，在其中

说不清的明白，在其中

世界在其中

听到，时间流动

看见，空间变化

说出，事情不同

世界转动中

意义环绕终始

色彩瞬刻缤纷开落

音声前后绵延不绝

万物显隐共中

听，看，说，承担天命

真相在道

后 记

能听者会歌唱。言说，先需要听到些什么，否则何以可言说？此意味着言说之前，人们已经有所倾听或领悟，言说才不会无源。不过，生活中人们习惯于去言说具有确切性的对象，并以逻辑化、概念化的方式加以表述或规定，从而形成客观的科学或技术知识并得到人们的认可。无疑，科学或技术知识彰显了人的理性认识能力，使得人们能够更好地利用、控制和管理自然社会的有效运转，给人们带来更加丰富、便捷的物质生活和健康愉悦的社会文化服务供给。

然而，人之为人是完整的，其在生活世界中与自然、他人、自我经由时间的开启而去创造有意义的生命存在，他不是完全按照自然的因果法则来进行反应，相反，是在价值的引导下去过一种自由的精神生活，把人之为人的有限性在知、情、意、行所构成的生命实践中，去展演、领会和品尝世间的人生百态和爱恨苦甜。可以说，人的身心充满了灵气，他不等同于纯粹的理性，无论在科学或技术的武装下使人具有怎样的强大能力，终究还是对人的性命做了肢解，造成异化，让人的生命存在远离或淡漠了仁爱、敬畏、善良、坚韧、孤独、惧怕、羞耻、忧愁、希望、感怀等复杂而精微的感性精神或心理。那么，人性何以会生有灵气？很重要的在于人的生命离不开生活世界的熏陶，通过多元丰富的人文社会的交往实践影响，其身心潜能蕴含着巨大的发展活力和弹性，不断地向着人的可能性去生成。

生活世界具有着重要的教育意义。生活世界的教育意义在"静""动"中流淌。"动者"，意味着人只有投入生活世界中去知行，通过学习多元文化知识和积极进行社会交往，方能有效展开适应、参与和创造文明的实践。"静者"，意味着生活世界的发展变化离不开以人类已有的历史传统、文化社会本身的存在作为前提，无此则"动"是没有根基的。人就在生活世界的"动静"中实践着人之为人的发展。本书得以出版，要感谢生活世界，这里有着可敬、可亲、可爱的人们，是他们让自己的教育人生变得真切、具体和积极向上。作为学生，我要感谢张诗亚、王凌、张润发、张瑞才诸位先生给予的教诲和机会；作为下属，我要感谢褚远辉、何志魁、孙亚娟、李荆广、杨民、张九洲、朱香、杨力权诸位领导的关心、支持和宽容；作为同事，我要感谢李秀芳、庄玉昆、和秀梅、张永飞、颜文强诸位老师的友爱和激励；作为孩子，我要感谢父母的生养之恩和无私亲爱；作为弟弟，我要感谢兄嫂的担待和仁厚；作为丈夫，我要感谢妻子的善良和韧性来包容我的自大无理；作为父亲，我要感谢两个孩子用灵透之心宽容我的不拘小节；作为教师，我要感谢自己所带的硕士研究生好学、勤奋、用心，他们是最有生机的教育力量。

岁月如歌，人生似戏。生活世界舞台上，角色在教育的滋养、呵护下表演着曲折的故事，值得一代又一代的人去倾听和唱说，让意义涌动和环绕其间。